Mein erstes Mal

Marlis E. Hornig

Mein erstes Mal

Namen, Personen und Handlung sind meist frei erfunden oder bisweilen so oder ähnlich erlebt. Unseren Parson Russell Terrier ASTERIX gibt es wirklich.

Bibliografische Information der Deutschen Nationalbibliothek:
Die Deutsche Nationalbibliothek verzeichnet diese Publikation in der Deutschen Nationalbibliografie; detaillierte bibliografische Daten sind im Internet
über http://dnb.d-nb.de abrufbar

© 2022, Marlis E. Hornig

Herstellung und Verlag: BoD – Books on Demand, Norderstedt
ISBN: 9783756242382

9783756242382

Für Tiffany

In Liebe –

With Love

"Du bist zeitlebens für das verantwortlich, was Du
Dir vertraut gemacht hast."

Antoine de Saint Exupéry "Le
Petit Prince"

Idee und Texte: Marlis E.Hornig

Fotos : Marlis E. und Kalle Hornig

www.jack-russell-asterix.beep.de

Fast sah es schon so aus, als würde ich nie Sex haben.
Und dabei möchte ich das doch so gerne. Ich sehne
mich nach einem süßen Mädel.
Da gibt es für mich als Russell-Mann, also als
Rüden, nur zwei Möglichkeiten:

1. Ich werde ein Dorfcasanova, denn diese
   Spezies hat in der Regel am meisten Sex.

2. Ich werde ein Deckrüde. Doch das ist nicht so
   einfach, wie es sich anhört. Um Deckrüde zu
   werden, muss ich viele Hürden überwinden.

Zunächst einmal sind einige medizinische
Untersuchungen erforderlich. Ist meine Patella
ohne Befund? Habe ich keine der 18 möglichen
Augenkrankheiten?

Mein Traum

Das bin ich, ASTERIX, der wilde Gallier.
Ich habe einen Traum....
Als Parson Russell Terrier und lieber Familienwolf
möchte ich eine kleine Familie gründen. Mit
einem hübschen Russell-Mädel!

Um meinem Ziel näher zu kommen, unterzog
ich mich den erforderlichen medizinischen
Tests. Ich habe Glück : Patella:
o.B. - Augen: o.B. Vollzahniges
Scherengebiss.
Und eine allgemeine Gesundheitsuntersuchung unserer
freundlichen Tierärztin
in Bonn-Bad Godesberg ergab, dass
ich vollkommen gesund bin.

Hurra, hurra - einfach toll!

Das war der erste Schritt, um ein stolzer Deckrüde zu
werden.
Der zweite folgte zugleich!

Eine E-Mail flattert ins Haus

Da meldete sich auch schon die erste Interessentin: "Wo ist
denn das rosa Haus?"
So oder ähnlich hatte sich eine holde Unbekannte in
unser Gästebuch auf unserer Webseite www.jack-
russell-asterix.beep.de
eingetragen.

Und dann folgte eine Mail: "Asterix ist

wunderschön. Ist er Deckrüde?

Für den Sommer suchen wir für unsere Grace einen netten
Mann, grins..."
Das war am 01. Januar 2009.
Ich spürte "Schmetterlinge im Bauch" - Schmetterlinge
für eine Unbekannte.
Das süße Bild von Grace im Schnee stand von nun an auf
unserem Kamin.
Und ich träumte...

Also musste es mit der Zuchtzulassung schnell gehen.
Zumal die Kleine besonders süß ist.

Aufnahmen: Heike Rolf

*Doch das mit der Zuchtzulassung warf
neue Probleme auf.
Die Zuchtzulassungs-Prüfungen fanden stets an
weit entfernten, abgelegenen
Orten statt, zu denen wir drei als Umweltschützer mit
öffentlichen Verkehrsmitteln oft nicht
an einem Tag hin- und zurückfahren konnten. Einmal
sind wir nach B. gefahren und haben dort in einem
Hotel übernachtet.
Am nächsten Tag fand die Prüfung statt.
Wie ein Model musste ich mit meinem Frauchen hin-
und herlaufen.
Und es waren viele Hunde aus vielen Orten in
Deutschland gekommen.
Mit einer netten Dame mit einem kleinen
Mädchen und den zwei Russells Kimi und
Tequila
haben wir uns direkt angefreundet.
Ich erinnere mich noch genau - sie meinten: "Asterix
ist ja besonders schön gezeichnet - ein wirklich hübsches
Gesicht!"*

16

Catwalk

Also nachdem ich wie auf dem Catwalk gelaufen
bin, von allen Seiten begutachtet
wurde und Eintragungen auf einem großen **Blatt** von der
zuständigen Prüferin vorgenommen wurden, sollte ich zum
Abschluss noch meine Schnauze, genau gesagt: meinen
Fang, öffnen.

Doch plötzlich überfiel mich ein Gefühl der Angst: Die
vielen Menschen, die vielen Hunde,
diese für mich neue Situation: eine fremde Dame, die dies
von mir verlangte.
Da laufe ich doch lieber in der **Natur** herum bei uns im
Drachensteinpark und an den Feldern
in **Mehlem** oder am **Rhein** entlang. "Da bin
ich wohl eher ein **Naturkind** als ein **Model!**",
dachte ich so bei mir. Und dann folgte die
böse Überraschung:
Weil ich den Fang nicht freiwillig öffnete - mir durfte auch
kein Leckerli als **Anreiz** hingehalten werden - sollte ich
zum nächsten Termin noch einmal wiederkommen.
Zum Abschluss meinte die Prüferin: "Asterix ist
ja wirklich ein hübscher **Kerl!**"

Traurig

*Ich war traurig, unendlich traurig und
meine Menscheneltern waren auch
sehr traurig...
Viele der anwesenden Menschen verstanden das
nicht und trösteten uns.
Warum bekam ich keine 2. Chance?
Als wir später beim Kaffeetrinken saßen, konnte
die Prüferin doch sehen, dass ich alle Zähne und
somit ein vollzahniges Scherengebiss habe.
Eine Bescheinigung von unserer Tierärztin wollte
sie auch nicht gelten lassen.
Ganz betrübt fuhren wir am nächsten Tag nach
Hause.*

*Ich dachte an meine kleinen Flirts,
für die eine Zuchtzulassung nicht wichtig war, um mit
mir zu toben und zu schmusen!
Und die kleine, flinke Jackie vom Oberdorf wollte
mich auch ohne Zuchtzulassung!*

*Auch die süße, sportliche Mercedes, die wir in
Ascona am Lago Maggiore getroffen haben,
wäre sicher nicht abgeneigt...*

Aufnahme von Mercedes: Sigrid Hagenloch

Vorzüglich

Dann machte uns das Frauchen von Grace aus
Hasenwinkel einen Vorschlag:
"Fahren Sie doch zur Zuchtzulassung zum
Westdeutschen Zucht- und Rassehunde Verein
In Düsseldorf" Gesagt, getan. Als wir in Düsseldorf
ankamen, wurde ich gleich von einer wunderschönen
Königspudel-Dame begrüßt.
Freudig beschnupperten wir uns und waren uns direkt
sympathisch. Dies obwohl die schöne Eliza sehr groß und
imposant ist. Danach setzten wir uns friedlich und entspannt
nebeneinander. Ganz gelassen sah ich den Dingen, die da
kommen würden, entgegen. Der freundliche Zuchtwart
beobachtete mein Sozialverhalten.
Anschließend schaute er mich genau an und machte einige
Tests. Wie von selbst, öffnete ich meinen Fang – ganz ohne
Probleme.

Nachdem er alles bis ins Detail begutachtet hatte, erhielt
ich die Körklasse 1a = Vorzüglich.
Mein Formwert ist also:

VORZÜGLICH

Das ist die beste Note, die ein Rassehund erzielen kann.
Einfach super!

Einfach nette Unterhaltung für
gemütliche Stunden zu Hause.

Marlis E. Hornig

Familienwolf
Astix

Abenteuer eines
Jack Russell Terriers

...im Urlaub oder Unterwegs!!

© by H. Roll

E-Mail für Dich

Jetzt war ich, "Aus dem Siebengebirge Asterix" ein
frisch gebackener Deckrüde
und mächtig stolz.
Am Fenster saß ich und träumte...
Von der anmutigen Amazing Grace vom Wunderland.
Wir schrieben uns viele Mails, schickten uns
elektronische Küsschen, und ich machte meiner
Liebsten zärtliche Komplimente.

Eine E-Mail für Dich:

von: asterix@parson-russell.de an:
grace@parson-russell.de

Zauberhafte Gracia aus dem Wunderland,

seitdem ich den Videofilm mit Dir gesehen habe und
seitdem ich Deine Bilder auf Eurer Webseite betrachtet
habe, bin ich hin und weg!
Ich muss Dich sehen!
Komm mich besuchen,
sobald Du kannst!

Dein wilder ASTERIX

Groß war meine Freude, als es in einer Mail
lautete:
"Wir kommen Euch besuchen. Am 26.
April gegen Mittag!"
Ungeduldig wartete ich schon am Morgen dieses
denkwürdigen Sonntags auf
Grace und ihre Familie.
Da plötzlich näherte sich ein Auto und hielt vor
unserem Garten.
Drei Zweibeiner sprangen heraus. Ich
schaute und schaute und wartete.
Wer nicht mitgekommen war, das war Grace.
Wieder einmal war ich unendlich traurig.

Gleichsam zum Trost schenkte mir Graces Frauchen
einen "goldenen Schuh"!
War dies ein Unterpfand von dem zauberhaften
Russell-Mädchen?
Wie im Märchen "Aschenputtel"...
Von nun an hütete ich diesen Schuh wie meinen Augapfel.
Ich habe ihn heute noch....

Die Geschichte mit Grace fand allerdings ein
unerwartetes Ende...

Die Familie meines Mädels war total begeistert von mir,
ihr Frauchen schoss tolle Bilder, und
ich zeigte alles, was ich kann!
Graces Frauchen war so fasziniert, dass sie bemerkte: "
Falls Sie zum gegebenen Zeitpunkt in Urlaub auf Rügen
sind, folgen wir Asterix!"

In einer E-Mail schrieb dann das Frauchen von
Grace: "Ich habe mich total in Asterix verguckt!"

Kurz vor unserer Rügen-Reise schickte ich
folgende Mail an meine zauberhafte Grace:

asterix@parson-russell.de
grace@parson-russell.de

Liebes Mädel aus dem Wunderland,
warte noch ein Weilchen mit dem Zeichnen... Ich
möchte doch so gerne Papa werden.

Ein zärtliches, kleines Hundeküsschen Dein

Asterix

Vom Winde verweht

*Doch leider kam alles anders, als wir gedacht und
gehofft hatten!
Alle unsere Träume wurden wie vom Winde verweht!
Als es soweit war, war der Weg zu uns plötzlich zu weit.
Und ich hatte einen Flecken zu viel oder anders gesagt,
Grace hatte zu viel Pigment. So wurde ein fast weißer
Deckrüde gewählt.*

*Leider haben Grace und ich uns nie gesehen und hatten nie
die Chance, selbst zu entscheiden. Unsere Liebe war nur eine
virtuelle Liebesgeschichte.*

Aber jede Liebesgeschichte ist anders. An der

*Terrassentür sitze ich und träume.
Im Radio erklingt das romantische Lied von U2:*

*»I have climbed the highest mountains.
I still haven't found what I am looking for.«*

Kira

Plötzlich stand sie am Gartentor: eine
süße Russell-Hündin.

Dunkle Augen im weißen Gesicht mit
zarter schwarzer Umrahmung und ein
wenig hellbrauner Farbe -
mit schwarzen Ohren und einem schwarzen
Abzeichen am Körper-
glattes weißes Fell — das ist Kira.
Ist sie nicht allerliebst?

Total verspielt ist sie.
Genau wie ich trägt sie gerne Schuhe -
besonders kleine - herum und läuft mit ihrer
Beute davon,
eh man sich's versieht.
Sie ist ein Schelm wie ich!

Aufnahmen nächste Seite: Annika Schwalm

15/03/2009

5/03/2009

Natürlich waren zuvor *E-Mails* hin und her
gegangen.
Kiras Frauchen hatte Fotos geschickt, und wir
waren alle drei sehr begeistert.
Schon allein weil *"Kira* vom Hexenwald" so
schön ist, musste sie kommen!

Und dann sollte auf einmal alles ganz schnell
gehen:
Die kleine Familie aus Hessen wollte
direkt anreisen.
Leider hatten wir wichtige Termine, und so
sagten sich die drei für den
17. *März* 2010 an.
Als sie nach einer relativ langen Fahrt bei uns
eintrafen, rief Annika: "Wahrscheinlich ist
es zu spät!"

Doch das war mir egal.
Vor Freude strahlend, lief ich dem hübschen Mädel
entgegen.
Wir begrüßten uns auf Russell-Art mit
zärtlichem Schnüffeln...

Einen ganzen Tag blieb meine kleine "Hexe" bei mir
- ich nenne sie so, weil sie mich
im Handumdrehen verhext hat...
Ich wusste gar nicht, dass Russell-Mädel so süß
sein können...
Und bis zu diesem besagten 17. März 2010
wusste ich auch nicht, wie süß sich so ein
Russell-Mädel anfühlt...
Unser Lieblingsplatz war hinter dem
skandinavischen roten Holzhäuschen in unserem
Garten...

Noch einige Tage danach habe ich die schöne Kira dort
gesucht und geschnuppert.
Am Nachmittag unseres Rendezvous-Tages gingen wir
sechs, das heißt die vier
Zweibeiner und wir beiden Vierbeiner, am
Rhein entlang spazieren.
Ich konnte gar nicht von meiner kleinen Hexe
lassen.
Das war ein wunderschöner Tag - ein
Tag der Zärtlichkeit,
ein Tag der ersten Annäherung und ich
erschnüffelte das Parfüm dieses
wunderbaren Parson-Russell-Mädels!

Flocke

Es folgten Tage, an denen ich - wie immer - meine *Zeit* mit Toben, Spielen und langen Spaziergängen verbrachte. Spaziergängen am **Rhein** entlang und um die Felder in unserer **Nähe**. Unterwegs traf ich Addy, meine mütterliche Freundin, mit der ich vieles besprechen oder vielmehr bewuffen kann.

Ab und zu entdeckten wir **Mails** mit Deckanfragen in unserem Eingangskorb. Doch das passte meistens nicht.

Plötzlich schneite eine Überraschungsmail in unser Postfach, über die wir drei uns sehr freuten. Das war eine Anfrage von der Zuchtwartin der Interessengemeinschaft Working Jack Russell Terrier!

Gespannt schauten wir drei uns die Webseite:
www.workingjackrussellterrier.com an und waren
begeistert von den Gedanken und Zielen dieser
Interessengemeinschaft.

Das ist es! Hier fühlen wir uns angesprochen und
gut aufgehoben!
Die Zuchtwartin hatte mich, "Aus dem
Siebengebirge Asterix" für die Hündin "Here
comes trouble Amina", genannt "Flocke",
ausgesucht. Wir passen ganz toll zusammen, wie
ich finde. Flocke ist weiß und hat eine wunderschöne,
rehbraune Zeichnung um die Augen und am Hals.
Allerliebst!
Ich wünsche mir, dass sie an unsere Kleinen ihre
Schönheit weitergibt, und ich gebe dann mit zarten
Pinselstrichen ein wenig braune und schwarze
Farbe dazu!
Was meint Ihr, liebe Leser und Leserinnen?

Das ist alles total spannend, und ich kann es kaum
abwarten...
Einen Haken hatte das Ganze jedoch. Doch
nun erzähle ich nacheinander die ganze
Geschichte:

Aufnahmen rechts: Annette Krähling

Eine neue Herausforderung

„Für eine unserer Zuchthündinnen in der
Interessengemeinschaft Working Jack Russell Terrier
suche ich als Zuchtleiterin einen pigmentstarken,
gesunden Deckrüden."
So begann unsere Geschichte mit einer E-Mail.
Darüber freuten wir drei vom Drachensteinpark uns
sehr. Und als ich das Bild von Flocke auf der besagten
Webseite entdeckte, war ich sofort verliebt. Ich hatte
"Schmetterlinge im Bauch" und träumte nur noch von
meiner "Schneeflocke", wie ich das süße Russell-
Mädel im Geheimen nannte.

Doch so schnell sollte es nicht gehen. Für mich galt es
eine weitere Hürde zu überspringen.
Denn in unseren E-Mail-Korb flatterte eine
neue Mail mit folgendem Wortlaut:
"Wir haben für unsere Zuchthunde den Ataxie- Test
vorgeschrieben", und irgendwo in dem Text folgte dann
der Satz, der mich vor Freude fast an die Decke
springen ließ.

*"Unsere Züchter würden mit ihrer Flocke liebend
gern Nachwuchs von Asterix haben, wenn der
Ataxie-Test zu unserer aller Zufriedenheit ausfällt."*

*Was ist Ataxie? Hier handelt es sich um eine
schwere Nervenkrankheit, die bei kleinen
und großen Hunden auftreten kann. Zunächst
haben wir auf der Webseite von Flockes
Interessengemeinschaft unter Ataxie-Test
nachgeschaut. Diese Krankheit – auch
Degenerative Myleopathie genannt – kann
grausam enden, wie ein kleiner Videofilm dort zeigt.
Der Test würde zeigen, ob ein Hund*

*clear   = frei   oder carrier
          = Träger oder sogar
affected = krank   ist.*

*Das ist ungeheuer wichtig für die Welpen, damit sie
ein gesundes Leben geschenkt bekommen.
Damit sie toben, spielen und laufen können, wie es sich
für einen echten Parson Russell gehört.*

*Offenbar fehlt vielen Züchtern der **Mut** dazu, sich
einem eventuell negativen Ergebnis zu stellen.*

Doch wir drei beschlossen im Familienrat, uns der Herausforderung zu stellen. Die Zuchtwartin der *IG* Working Jack Russell Terrier schickte uns die Teströhrchen für den Gentest zur Degenerativen Myleopathie zu.

Mein Herrchen Frederik nahm behutsam auf jeder Seite im Innern meiner Schnauze jeweils einen Backenabstrich. Das tut gar nicht weh, liebe Russells. Und dient einem guten Zweck!

Schnell packten wir die zwei Teströhrchen in einen Briefumschlag und schickten sie an Laboklin in Bad Kissingen.

Nun begann für uns drei eine *Zeit* des Wartens und Bangens. Svenja und Frederik bangten mit mir. Möchten sie doch genauso gerne wie ich, dass ich mit Flocke eine Russell- Familie gründe. Stunden vergingen, Tage vergingen. Was ist schon Zeit, wenn ich als kleiner Hund so ein hehres Ziel vor mir habe, nämlich gesunden Nachwuchs zu bekommen. Schließlich hatte meine süße Flocke ja auch den Test gemacht und das Warten überstanden. Tapfer, die *Kleine*!

Dann nach 8 Tagen und etwas mehr entdeckten wir in unserem Briefkasten Post vom Institut Laboklin. Weil

mein Herrchen der Mutigste von uns dreien ist, hatte
er die Aufgabe, den Brief zu öffnen und als erster
zu lesen.

"Hurra, hurra! Ich bin clear!" Wir drei freuten uns
riesig. Hier der Wortlaut des wichtigen
Testergebnisses:

"Der untersuchte Hund Parson Russell Terrier
'Aus dem Siebengebirge Asterix' ist reinerbig für
das intakte Gen. Er ist kein Träger der Mutation
im SOD1-Gen, die als Hochrisikofaktor für die
Degenerative Myleopathie angesehen wird. An
die Nachkommen wird nur das intakte Gen
weitergegeben.
Wir sind total glücklich und mailen das Testergebnis
von Laboklin direkt an die Zuchtwartin. Dann erfahren
wir, dass sich
die Familie von Flocke endgültig für Asterix, also für
mich, entschieden hat. Genau am 6. Juni 2010 hat
Annette, Flockes Frauchen, uns angerufen und den
Wunsch geäußert, dass Asterix ihre Hündin deckt.
Diese Hündin
ist supergesund, nur mit wenig Pigment, aber da
kann Asterix ja wunderbar helfen, wie die
Zuchtwartin meint.

Ich bin ganz aus dem Häuschen und laufe freudig
durch unser Haus und unseren Garten. Doch nun

heißt es wieder einmal warten.
Warten, dass mein Flöckchen uns besucht. Am
1. Juli ist es soweit. Wir bekommen Besuch von
Annette und Flocke.

Das war wie ein Blitzschlag. Wir umkreisen uns,
beschnupperten uns, gaben uns zarte Nasenstüber,
tranken hintereinander Wasser und genossen die
gleichen Leckerlis.
Annette hatte auch besonders feine Leckerlis
mitgebracht. Und einen wunderschön gebundenen,
bunten Blumenstrauß für mein Frauchen Svenja.

Das Wetter an diesem 1. Juli war toll, vielleicht ein
bisschen heiß, jedoch erfreute uns herrlicher
Sonnenschein!
Wir lernten uns kennen, waren zärtlich und lieb
zueinander.
Und plötzlich war es Liebe.
Diesen Tag werde ich nie vergessen. Es war einer
der schönsten in meinem bisherigen Leben.
Voller Zärtlichkeit und Leidenschaft!

Zwei wunderschöne Tage mit Flocke

Gemeinsam durchstöberten wir unseren Garten.
Damit wir nach all dem wilden Toben, wie dies
Parson Russells nun einmal gerne tun,
Momente der Erholung finden, musste ich ins
Wohnzimmer laufen. Flöckchen wollte mir
folgen, doch die Tür ging zu...

Wie Ihr seht, schaue ich nach draußen zu meiner
Kleinen und sie schnuppert an der Türschwelle. Sie
ist genauso ein Schnüffelhund, wie ich es bin. Wir
könnten gemeinsam eine Detektei gründen, zum
Beispiel mit dem Namen: "Asterix und die
Detektivin" oder noch besser "Asterix und die
geheimnisvolle Detektivin"...

So flog der erste Tag unserer Begegnung wie im
Fluge dahin. In der Nacht schlief ich in meinem
Hundekörbchen und träumte süß von
einem wunderschönen, weißen Russell-Mädel mit
dunklen Augen, von rehbraunem ell eingerahmt, so
schön, wie kein Maler dies zeichnen könnte...

Der 2. Tag unserer Begegnung, der 2. Juli 2010, war genauso schön. Wir verstanden uns auch ohne Worte, das heißt ohne Bellen, Fiepen oder Knurren.

Wir waren noch zärtlicher zueinander. An diesem heißen Tag. Ich erinnere mich an unseren Spaziergang am Rhein. Du warst sehr begeistert von den schönen Wiesen dort am Rhein, während Dein Frauchen das herrliche Siebengebirge betrachtete.

"Komm wieder, süße Flocke! Dann laufen wir gemeinsam zu unseren Feldern. Ein Bett im Kornfeld ist immer für uns frei!"
Auf einer Blumenwiese am Rhein träumten wir, und ich flüsterte dir zu:
"Ich hab' Dich lieb, mein Schneeflöckchen!" - „Im Winter komme ich wieder, mein wilder Gallier!"
Das war Deine liebe Antwort. die ich nie in meinem Leben vergessen werde.
Noch einmal eine stürmische Umarmung - so leidenschaftlich, dass unsere Giraffe im Salon umfiel und ein Horn verlor...

Zum Abschluss unseres Treffens zeigten wir Annette und Flocke unsere anheimelnde Stadt Bonn.

Flockes Vision

Gern erinnere ich mich an ein süßes Gespräch mit
Flocke:

Als Flocke und ich in unserem Garten saßen,
meinte sie plötzlich:
"Weißt du, Asterix, ich habe eine Vision!" "Da bin
ich gespannt. Das musst du mir erzählen. Wie ich
überhaupt alles erfahren möchte, was dich betrifft."

Da begann das süße, intelligente Russell-
Mädel zu erzählen:
" Mein Frauchen Annette und ich planen eine
Ausbildung zum Besuchshund für mich. Ich mag
Menschen sehr, nicht nur meine Menschen.
Nein, ich bin auch gespannt und neugierig auf
andere Menschen. So kann ich als Besuchs-
oder Begleithund Kinder, kranke Menschen oder
auch ältere Menschen besuchen. Menschen,
denen
die Gegenwart von Hunden guttut. Sie können mich
streicheln, mit mir sprechen und mit mir spielen.
Vielleicht spiele ich auch ein wenig mit ihnen..."

51

"Da hast du ja ein hehres Ziel", entgegne ich voller Aufmerksamkeit. "Da musst du mir unbedingt mehr von erzählen! Denn das finde ich ungeheuer spannend."

- "Lieber Asterix, hast du schon einmal einen Menschen getröstet, dem es nicht gut ging?"
- "Ja, da erinnere ich mich sehr gut. Einmal schaute mich eine Frau im Bus lieb an, doch dann wurde sie plötzlich traurig. 'Ich habe meinen Hund, einen braunen Labrador, in diesem Jahr verloren. Ich bin sehr, sehr traurig', meinte sie mit Tränen in den Augen. Da schaute ich sie ganz lieb an und sagte ihr mit meinen dunkelbraunen Augen: 'Sie dürfen mich streicheln.' Das tat sie und sah uns auf einmal glücklich an. Das war wunderbar!"

Irgendwann entdeckte ich dann eine E-Mail von Flockes Frauchen Annette zum Thema "Besuchshund" Hier der Wortlaut:
"Die ersten Übungen sehen so aus: bei Fuß gehen, geradeaus gehen, im Winkel rechts, im Winkel links, stehen bleiben. Dabei muss der Hund sein Frauchen oder Herrchen immer anschauen und sich gut konzentrieren. Dann
die bekannte Übung: "Platz". Der Hund muss ca. 8 Minuten im Platz liegen bleiben."

Greetsiel

Einige Tage nach Flockes Besuch
zog ich schnüffelnd durch unseren Garten,
schaute in allen Ecken, auch hinter dem roten
Gartenhäuschen, nach Flöckchen. Es duftete noch
überall nach ihr, doch sie war - gleichsam wie eine
Schneeflocke - verschwunden.

An der Terrassentür in unserem Wohnzimmer saß
ich und träumte von längst vergangenen heißen
Tagen...

Irgendwann einige Tage später packten Svenja und
Frederik mein Spielzeug, Futternapf
und Wassernapf sowie mein Kuscheltuch in meine
Hundereisetasche und mit der Eisenbahn ging es auf
zu neuen Ufern.

Ein uriges Fischerdorf mit 25 Krabbenkuttern,
anheimelnden Häuschen, weiten, blühenden
Wiesen, zwei Windmühlen - Zwillingsmühlen
genannt - und einer alten Kirche unser Ziel:

Greetsiel

in Ostfriesland.

In Greetsiel hatten wir drei eine nette Begegnung. *Bei* einem gemütlichen Frühstück auf der Terrasse des Hotels Hohes Haus las ein Gast aus einem kleinen Büchlein zwei seiner Gedichte über Greetsiel vor:

HOTEL GREETSIEL

Nun bin ich also wieder in Greetsiel;
Bernd brüht den Tee, Susanne kocht das Essen. Ich
wird euch beide nicht vergessen.-
Im Hafen dümpeln sanft die Tischerboote, die
kleine schmucke Kirche gibt dem Ort die eigene
Note.
Rechte *Kerle* kommen ins Lokal, sie
lungern um Alexandra jedes *Mal.*
Hier ist ein Ort der kumpeligen Gemütlichkeit, sie
macht das Herz mir und die Seele weit.

Dr. Peter Grippain

*Kaum seh' ich die beiden Mühlen von fern, so weiß ich
wieder, ich bin hier viel zu gern; dann hör ich in der "Börse"
dieses "Moin", ein Gruß, der nimmer mag mich reu'n.-
Leise knistert Kandis im heißen Tee, vergessen ist
der Welten Weh.-
Die Sahnetropfen malen in der Tasse schöne
Bilder,
das Herz schlägt schneller hier und wilder. Kurzum,
nu bün ik wedder to Hus,
ik segg di dat as een vun Harten scheunen Gruß.*

Dr. Peter Grippain

*Auf der rechten Seite unten rechts stelle ich
Asterix, der muntere Parson Russell,
gemeinsam mit meinem Herrchen Trederik das
neu errichtete Hafendorf Greetsiel vor.*

*Dort werden wir bald in einer wunderschönen
Ferienwohnung unten wohnen...*

*Doch irgendwann mussten wir drei dieses
zauberhafte Fleckchen Erde wieder verlassen
...Es zog uns wieder nach Bonn.*

Zuhause erwarten mich zwei Mädel

In Bonn werde ich, der kleine Lustige, schon
sehnlichst erwartet. Von zwei hübschen Hunde-
Damen!
Da ist einmal meine liebe, mütterliche Freundin
ADDY. Oft treffen wir uns zufällig beim
Gassigehen; bisweilen kommt Addy mich
besuchen. Dann besprechen wir beide ganz
wichtige Dinge aus unserem Hundeleben. So ist
meine große Freundin für mich mit der Zeit eine
lieb gewonnene, treue Beraterin geworden. Aber
wir haben auch viel Spaß miteinander, ich im
Garten, sie draußen am Zaun...

Dann ist da zum anderen MOMO, meine
lebhafte Spielkameradin. Momo ist genauso
neugierig wie ich, möchte unseren Garten überall
erkunden und eine offene Tür weckt ganz
besonders ihre Neugierde. Während wir beide
miteinander spielen, herumlaufen, Wasser trinken
und nach Leckerlis springen oder suchen, erzählen
sich unsere Frauchen von uns beiden.

Dies scheint ein gleichsam unerschöpfliches Thema zu sein.

Aber auch mit den lieben Menschen von Addy unterhalten sich meine Zweibeiner sehr oft oder bunte Mails flattern hin und her. Irgendwie sind wir Vierbeiner wohl sehr bedeutsam für unsere Zweibeiner!

So vergingen die Tage, die Monate.
Oft saß ich an der Terrassentür und träumte.
Träumte von meiner "Flocke", die ganz plötzlich wie eine Schneeflocke verschwand. Wann wird Flocke wiederkommen?, fragte ich mein Frauchen Svenja.
Ihre Antwort:

"Wenn die erste Schneeflocke fällt irgendwann im Winter, dann, mein lieber Asterix, kommt deine Flocke wieder. Dann werdet Ihr beide Hochzeit feiern.
Flocke in ihrem zauberhaften, weißen Kleid, Du, Asterix, in deinem weiß-schwarzen Smoking - ein einmalig schönes Hochzeitspaar wie im Märchen."

Während ich an dich denke, meine süße
Schneeflocke, höre ich die neue Ballade von
Chris de Burgh:

"Everywhere *I* go,
I see an image of her face.
She talks to me in a thousand ways.

Da werde ich Asterix, der verliebte Russell, selbst
zum Poet und schreibe dieses Gedicht für dich:

"Wohin ich auch laufe, ich sehe dein süßes
Gesicht.
Wohin ich auch gehe, ich rieche deinen
besonderen Duft.
Wohin ich auch laufe, ich höre dein
Wuffen...
*I*ch denke an dich, mein Schneeflöckchen.

Wohin ich auch gehe, ich träume von dir und
warte auf dich..."

E-Mail an Flocke
  von Asterix@parsonrussell.de
  Flocke@parson-russell.de

  Hallo und Wuffwuff liebe Flocke,

  heute möchte ich, ASTERIX, der wilde, lustige Parson Russell, Dir ein Lebenszeichen senden. Hast Du auch Schnüffelspaziergänge durch den Nebel gemacht?
  Nun haben wir ja schon November – wie schnell die Zeit vergeht. Nein, für mich vergeht die Zeit viel zu langsam, denn ich warte sehnsüchtig darauf, dass Du mich wieder besuchst.

  Wie geht es Dir? Was machen Deine Übungen auf dem Weg zum Besuchshund?

  Mein Frauchen und ich, wir haben schon einige Kapitel unseres neuen Romans geschrieben, in dem Du die Hauptperson bist. Niedliche Bilder von uns beiden hier im Garten sind auch schon enthalten.

Wie geht es Deinen Zweibeinern? Ich freue mich riesig, wenn Du und Dein Frauchen Euch meldet.

Liebe Pfotengrüße an Euch alle und ein zärtliches Wuffwuff für Dich, meine kleine Flocke,

von Deinem Freund Asterix aus dem Drachensteinpark

Antwort aus Lippstadt:

Wuff Asterix,

ich bin total aufgeregt, wenn ich Deinen Namen "Asterix" höre. So habe ich mich ganz doll über Deine E-Mail gefreut.
Wenn ich mich besonders freue, dann springe ich hoch, mache "Männchen", vielmehr "Frauchen" und hebe meine Pfoten.

Alle meine Zweibeiner sind schon sehr neugierig auf Euer neues Buch. Es wird sicher sehr schön.

Was ich Dir noch erzählen möchte:

*Du weißt doch, wir haben mit einem Jäger
das "Ohne-Leine-Gehen" geübt.
Das war eine wirklich harte Arbeit
für Frauchen und mich! Aber jetzt kann ich es.
Ich gehe ohne Leine und komme auf Abruf
zurück. Ich bin ganz stolz auf meine
Fortschritte.*

*Tür die Begleithundeprüfung üben wir auch
regelmäßig. Manchmal klappt es gut, manchmal
weniger gut. Wie viele Russells, habe ich einen
Dickkopf. Wenn ich Platz machen soll und der
Rasen kalt und nass ist, dann zögere ich.*

*Liebe Grüße aus Lippstadt und
ein Wuffwuff für Dich, mein Freund Asterix*

Flocke und Frauchen Annette

Warten auf Flocke   Dezember 2010

So vergehen die Tage mit endlosen Spaziergängen im Grünen, im Matsch, im Schnee; im Regen, in der Sonne. Toben, spielen, kuscheln. *Mit* Denken an Flocke. So vergehen die Nächte mit Träumen von Flocke. Es schneit und schneit. Über Millionen Schneeflocken.

Da - an einem *Nachmittag* während dieser eiskalten Tage kuschele ich mich ganz eng an mein Frauchen und flüstere auf *Hundeart* mit einem tiefen, bedeutungsvollen Blick aus meinen großen, braunen *Augen:*
"Liebes Frauchen, du hast mir doch versprochen: Wenn die ersten Schneeflocken fallen, dann kommt Flocke, meine geliebte Schneeflocke. "
Am Fenster sitze ich und zähle die Schneeflocken: 1000, 1001, 1002, 1003. 2000. Flocke, wann kommst du?

"Da musst du noch warten, mein lieber Asterix!", antwortet mein Frauchen Svenja.

Weihnachten und Träumen

Eine süße E-Mail von Flockes Frauchen schneit
plötzlich in unseren Mail-Postkasten. Das sind
Weihnachtswünsche und dann der Satz: "Bei Flocke
rührt sich noch nichts. Sie wird wohl ihre Läufigkeit erst
im Januar bekommen." Da muss ich kleiner
ungeduldiger Hund noch warten...
Inzwischen hat sich unser Drachensteinpark einen
dicken, weißen Wintermantel angezogen.
Plätzchenduft, Tannenzweige, flackernde Kerzen -
besinnliche Stunden am Kamin. Am
Weihnachtstag stürmt die kleine Familie mit der
munteren Rasselbande, den zwei
Jungen Leo und Ole, in unseren Garten. Zuerst ist
Schlittenfahren angesagt. Ich schaue in die Ferne.
Da kommt meine liebe Hundefreundin Leica, eine
Appenzeller Sennenhündin, und
wir beide begrüßen uns mit Schnuppern auf Hundeart.
Ich mag große Hunde, insbesondere große Hündinnen.
Wenn Gefahr droht, können sie mich bestimmt
beschützen!
Nach dem Rodeln machen wir es uns im Salon
bei Tee, Kaffee, Kuchen, Nüssen und Plätzchen
gemütlich. Irgendwann ist das Haus wieder
verlassen und leer. Die beiden Wollknochen, mit
denen Leo, Ole und ich eben noch gespielt haben,
liegen verlassen auf dem Holzboden und sehen aus,
als seien sie traurig.

Gespannt wie ein Flitzebogen

Nun bin ich wieder allein. *Allein* mit meinen Gedanken an Flocke. *Wann ist es endlich soweit? Meine Sehnsucht wächst von Tag zu Tag.*
Jetzt haben wir schon Januar 2011. Da am 18.01. 2011 entdecken mein Frauchen Svenja und ich die lang ersehnte Mail in unserem Postfach.
Flocke beginnt zu zeichnen und wird mich bald besuchen! Aufgeregt und gespannt wie ein Flitzebogen laufe ich durchs Haus , in unseren Garten und dann in unseren Park gegenüber vom Drachenfels.
Dort entdecke ich Addy, meine mütterliche Freundin.
Addy , du bist doch meine Freundin. Bald kommt mich Flocke, meine Flocke, besuchen. Ich habe eine Frage an dich: Was kann ich tun, um meine süße Flocke ganz zu erobern? Du weißt schon, was ich meine!"

"Mein lieber Asterix, sei ganz zärtlich zu deiner Liebsten, schau ihr tief in die Augen und flüstere - vielmehr wuffe ihr leise liebe Worte ins Ohr. Sei nicht zu stürmisch!

Irgendwann dann kannst du stürmisch sein.
Im richtigen Augenblick dann musst du wild und
leidenschaftlich sein... Du wirst schon wissen, wann."

"Danke, liebe Addy, für deinen Ratschlag. Das will
ich mir merken! Wuffciao bis bald!, antworte ich und
springe weiter-so stürmisch und lebhaft, wie nur ein
Parson Russell sein kann.

Doch wieder einmal in meinem Hundeleben kam alles
anders, als ich dachte. Am 29.01.2011 hat mich Flocke
wieder besucht. Was an diesem Tag geschah, war alles
sehr unschön. So unschön und deprimierend, dass ich
darüber noch nicht sprechen möchte. Vielleicht später
einmal...

Ich weiß nur eins : ich bin unendlich traurig.
Warum ist das alles so kompliziert? Warum lerne
ich nicht ein liebes Mädel hier aus der Nähe
kennen? Ein Mädel, das ich öfter sehen kann.
So wie das bei meiner Mami Ornella und
meinem Papi Ediz war. Das war eine wirklich
große Liebe. Nicht von Menschenhand
arrangiert. Das wünsche ich mir auch, ich, der
kleine verträumte Asterix.

Eine neue Liebe irgendwo am Horizont...

Die Menschen sagen immer "Zeit heilt alle Wunden" oder fast alle... So vergeht die Zeit mit spannenden Wanderungen. Und ich treffe Momo wieder, meine Lieblingsspielgefährtin. Sie ist sehr, sehr zärtlich und wir verbringen die Momente unseres Wiedersehens nach dem langen Winter mit ganz liebevollen Küsschen. erst eins, dann zwei, dann drei...

Der Frühling kommt - wir genießen die ersten warmen Sonnenstrahlen. Irgendwann Anfang April lesen wir dann auf einer Webseite, dass die kleine Schneeflocke drei Welpen bekommen hat: 2 Mädels und 1 Jungen. Vielleicht sind das ja meine Kinder, oder eins davon ist meins?
Wir waren ja zusammen damals am 29. Januar 2011. Doch da gab es wohl noch einen anderen Bewerber...

Während ich im Garten sitze und in die Ferne schaue, mache ich mir so meine Gedanken. Gibt es nicht bereits genug Hunde hier in Deutschland, in Europa und auf der Welt? Viele Hunde, die ein liebevolles Heim suchen.

Marlis E. Hornig hat bisher 5 Bücher von
Menschen, Hunden und Katzen
geschrieben:

1.   Familienwolf Astix
   Abenteuer eines Jack Russell Terriers
2.   Leo und Astix
   Der Junge und der Hund
3.   Hunde-Liebe
   Ein Hund, die Natur und das Leben
4.   "Naschkatzen leben länger..."
   Anja - Eine fantastische Katzengeschichte
5.   "Balsamico"
   Katze Anjas heimliche Liebe

"Mein erstes Mal" ist nun das 6. Buch, genau
gesagt, das 4. Buch von Astix, der im wirklichen
Leben "Asterix" heißt.

"Auf zahlreichen liebevoll bebilderten Seiten lässt
Marlis E. Hornig Astix, den kleinen Lustigen,
zu Wort kommen"
        Bonner General-Anzeiger

Mein Frauchen ist meine Autorin und Diplom-
Dolmetscherin für Deutsch, Französisch und
Spanisch. Sie war auch als Lehrerin und Lektorin
tätig. Mein Herrchen und mein Frauchen haben die
lustigen, schönen Schnappschüsse fotografiert. Ich,
Asterix, bin der Co-Autor und Inspirator. Wir drei
sind ein kreatives Dream-Team!

Neue Reihe „Wolf" über Asterix::

1. *Babywolf*

   Ein Parson Russell Terrier erinnert sich

2. *Schmusewolf*

   Ein Parson Russell Terrier – unsere Liebe

3. *Kuschelwolf*

   Ein Parson Russell Terrier erzählt in Worten und Bildern

Lieber Asterix,

wir vermissen dich sehr.
Wir hoffen sehr, dass Du im
Hundehimmel herrliche Wiesen
vorfindest, wie Du es von zuhause
Kennst.

Vielleicht hast Du unsere Naschkatze
Anja Minouche, Deine Halbschwester,
getroffen.
Vielleicht spielst Du mit einigen Deiner
Freunde aus der Kinderzeit..
Sicher hast Du Archibald, den aus dem
Hundekrimi „Da kommt Kalle"
wiedergetroffen. Vielleicht auch
Mercedes, die wir am Lago Maggiore

Kennen gelernt haben.
Vielleicht begrüßt Du jeden Morgen
Simba, Deine erste Liebe, so wie Du sie
hier bei uns immer liebevoll mit
einem kleinen Küsschen begrüsst hast.

Oder Du lernst Lizzy, Deine letzte
Liebe aus dem Internet kennen.

Vielleicht denkst du manchmal an uns
beide, Deine Menscheneltern,
die Dich nie vergessen werden...

In Liebe
Dein Herrchen Kalle und Dein Frauchen
Marlis

Gerne wüssten wir, ob irgendwo eine Enkeltochter oder ein Enkelsohn von Dir leben.